王國

黏答答海怪

謎樣海洋

神祕湖泊

可怕洞穴
山怪

危險山峰

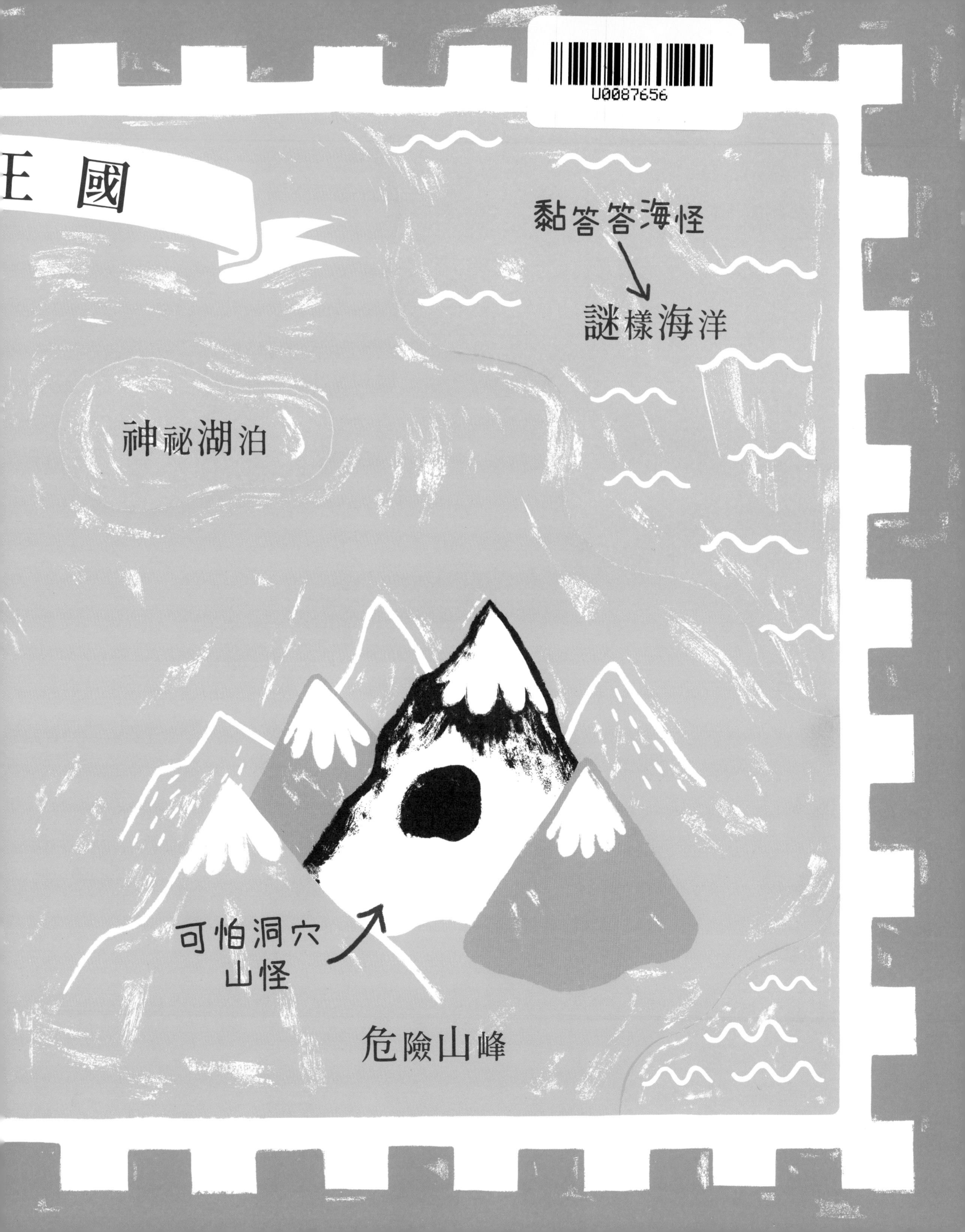

獻給我的兩位妹妹——萊拉可和芙蕾亞，
她們是我見過最聰明、勇敢又堅強的女孩。

IREAD

嘿！我會抓怪獸

文　圖	貝森・伍文
譯　者	吳寬柔
責任編輯	陳奕安
美術編輯	陳子蓁
發 行 人	劉振強
出 版 者	三民書局股份有限公司
地　址	臺北市復興北路 386 號 (復北門市) 臺北市重慶南路一段 61 號 (重南門市)
電　話	(02)25006600
網　址	三民網路書店 https://www.sanmin.com.tw
出版日期	初版一刷 2021 年 5 月
書籍編號	S859501
I S B N	978-957-14-7073-3

I Can Catch a Monster
First published 2020 by Two Hoots, an imprint of Pan Macmillan

The illustrations in this book were painted in gouache on cartridge paper.
Extra monster artwork by Freya Woollvin, age 6.

嘿！我會抓怪獸

貝森・伍文／文圖　吳寬柔／譯

埃里、伊瓦和他們的妹妹小波，住在一個布滿高山與森林的國度。

埃里和伊瓦是獵人。
有一天，他們要出發去抓怪獸。

「拜託，可以一起去嗎？我也想抓怪獸！」
小波懇求著。

「不行，妳還太小。乖乖待在家吧！」
埃里嗤之以鼻的說。

小ㄒㄧㄠˇ波ㄅㄛ回ㄏㄨㄟˊ到ㄉㄠˋ房ㄈㄤˊ間ㄐㄧㄢ生ㄕㄥ悶ㄇㄣˋ氣ㄑㄧˋ。
「我ㄨㄛˇ才ㄘㄞˊ不ㄅㄨˋ小ㄒㄧㄠˇ呢ㄋㄜ。」她ㄊㄚ心ㄒㄧㄣ想ㄒㄧㄤˇ，
「我ㄨㄛˇ聰ㄘㄨㄥ明ㄇㄧㄥ、勇ㄩㄥˇ敢ㄍㄢˇ又ㄧㄡˋ堅ㄐㄧㄢ強ㄑㄧㄤˊ！」

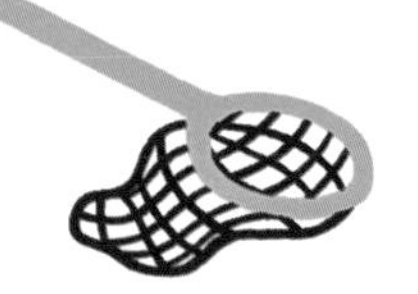

於是，小波悄悄溜出城堡，決定自己去抓一隻怪獸。

不久，她看見一隻奇怪的生物。

「我是勇者小波！聽好了，
兇猛的怪獸，束手就擒吧！」
小波一邊大喊著，一邊快速的
用弓箭瞄準怪獸。

「我？怪獸？我才不是！」
那個生物說。
「我是鷹頭獅格里芬。
快放下弓箭，我不會
傷害妳的！」

小波半信半疑，
因為格里芬看起來就像隻怪獸。
「妳好像迷路了，需要幫忙嗎？」
他親切的詢問。

小波心想：「他太樂於助人了，
不可能是怪獸。」
因此，小波告訴格里芬她想
抓一隻怪獸。

「我聽說海裡到處都是怪獸！」
格里芬說。
於是他們一起出發去尋找。

沒過多久，
他們便發現一隻
巨大的生物。
「我是勇者小波！
聽好了，黏答答的
怪獸，束手就擒吧！」

小波伸長手，
想要抓住海浪下方的怪獸，
但是她不小心失去平衡，
跌進了水裡。

「我？怪獸？別開玩笑了，我是水妖克拉肯！」海中的生物低吼著。
「妳真該學學如何游泳。」克拉肯一邊說，一邊把小波從海浪中救起。

小波半信半疑，因為克拉肯
不只**看起來**像怪獸，**聞起來**也像。
不過，真正的怪獸是不可能救她的。
因此，小波告訴克拉肯她想抓
一隻怪獸。

「我聽說怪獸都住在山洞裡！」
克拉肯說。
於是他們一起出發去尋找。

這隻生物看起來、聞起來、聽起來都像極了嚇人的怪獸！
吼吼吼

吼吼!!

但他不像在生氣，
而是正在哭泣。

「對不起，我不是有意要讓你難過的，
我以為你是隻怪獸。」小波說。

「我不是怪獸，我是一隻飛龍。」
一個低沉的聲音回答。
「讓我難過的不是妳，是有人
抓走了我可憐的孩子小煙，
我到處都找不到他！」

「我可以幫忙，我是勇者小波！
而且，我想我知道他在哪裡。」

就這樣，
小波和她的新朋友們一起
飛向天空，出發尋找小煙。

「他一定在那裡，」飛龍大叫，
「小煙害怕時都會噴出火焰！」

於是他們朝著城堡的方向前進。

當他們到達時，小波看見了她的哥哥們。
他們看起來、聞起來、聽起來都不像怪獸……

但是他們的行為就像怪獸一樣！

「我是勇者小波！聽好了，
壞心的怪獸們，束手就擒吧！」

小波邊說邊把水往下倒——
澆熄了火焰，當然也淋了
壞心的哥哥們滿身濕。

「馬上把那隻龍放出來！」
小波大喊。

「這些生物親切又友善，
我們不應該抓他們。」
她接著嚴厲的說。

埃里和伊瓦因為
沒有被飛龍吃掉
而鬆了口氣，
他們答應再也
不抓怪獸了。

從此以後，
小波最喜歡在廣大的國度裡四處遨遊，和她遇見的奇妙生物們交朋友——
當然，
是和她的哥哥們一起。
因為小波一點都不小，
她聰明又堅強……

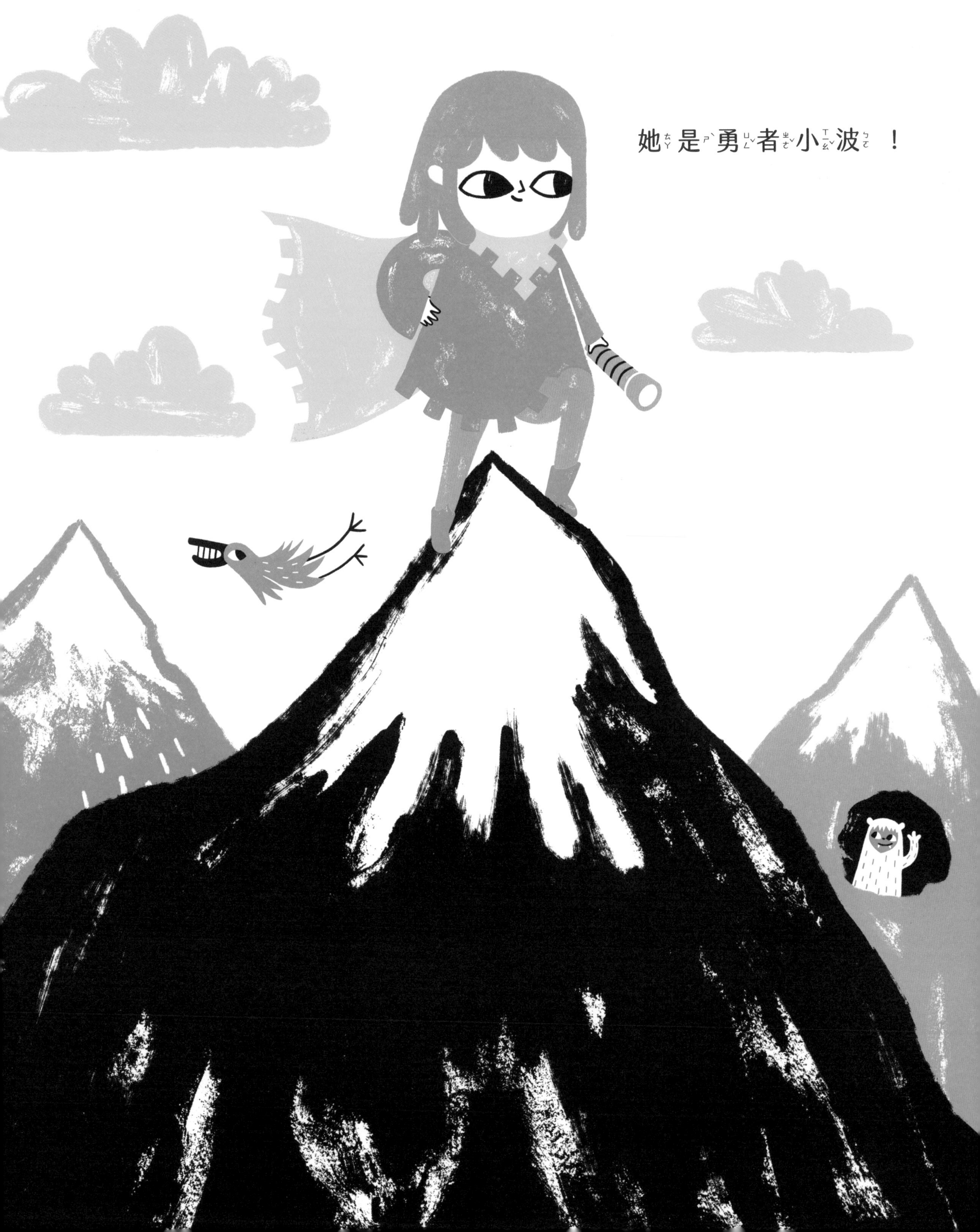
她是勇者小波！

高山
我家
怪獸
臭哥哥們
高山城堡
格里芬
恐怖森林
怪獸
恐懼森林